KB092144

날개 꺾인 삶의 노래

정찬열 시집

혜존(惠存)

_____님께

정찬열 드림

시사랑음악사랑

날개를 얻어 노래하는 시인 정찬열

예전이나 지금이나 가끔 시간이 나면 듣는 노래가 있다. "King Crimson - Epitaph"이라는 곡이다. 그리고 대중가요 중에는 환생(還生)이라는 음악도 있다. 가사 내용도 다르고 분위기도 서로 다른 음악이다. 자신에 묘비명에 무엇을 쓸 것인가 고뇌하고 자신의 자아를 치밀하게 고민을 안 해본 사람은 거의 없을 것이다. 그리고 내가 만약 죽어서 다시 태어난다면 또 어떤 삶을 살 것인가도 우리가 살아가면서 늘 하는 상념 덩어리들일 것이다.

정찬열 시인을 보면서 다시 한번 생각하는 단어들이다. 공과대학 출신으로 전기 관련 사업을 하다 큰 사고를 당하고 생과 사의 갈림길에서 다시 환생하는 아픔을 겪은 시인이기 때문이다. 그래서 그런지 시인의 작품에는 이미지가 강하다. 그러면서도 섬세한가 하면 교훈적인 내용을 많이 볼 수 있다. 어떤 작품에서는 시적 표현이라기보다는 절규에 가깝고 또 어떤 작품에서는 한없이 서정적인 풍경을 그리고 있기에 그러할 것이다. 아픈 기억을 시로 승화시키고 그 기쁨을 다시 주변의 사람들에게 전파하는 능력을 보여주는 시인이다. 그러면서도 문화예술발전과 문학에 대한 봉사와 열정으로 절벽에서 천년을 사는 소나무와 같이 곧은 모습을 보여 주기도 하는 보기 드문 현대 시인이다.

정찬열 작가의 수필집 "짓눌린 발자국"에서 작가의 모든 것을 보여주지는 못했지만, 작가의 내면과 고통을 어느 정도는 표현했기에 수필집을 읽어 본 독자라면 시인이면서 작가인 정찬열의 작품 세계를 알 수 있을 것이다. 하지만 작가라는 명사보다는 정찬열 시인이라고 부르고 싶다. 그것은 수필에서 하지 못했던 많은 이야기를 시적 언어로 표현하는 능력이 현대 사회의 바쁜 독자에게는 더욱 공감대를 형성할 수 있기 때문일 것이다. 첫 시집 "날개 꺾인 삶의 노래"가 아니라 날개를 얻어 노래하며 창공을 훨훨 날기를 바라며 기쁜 맘으로 추천한다.

사단법인 창작문학예술인협의회 이사장 김락호

시인의 말

시인 등단이라는 무한한 축복 속에 지난해 "짓눌린 발자국"이라는 저의 첫 수필 이후 첫 시집 출간이 저에게는 떨림이며 설렘입니다.
한편 설익은 글을 세상에 내놓으면서 즐거움보다는 독자들 앞에 두려움이 앞섭니다.

돌이켜 생각해 보면 앞뒤를 돌아볼 생각조차도 하지 못하고 누구나 그렇듯 저 역시도 열심히 살아왔었습니다. 그러던 제가 10년 전의 뜻하지 않은 22.900V의 전기 감전 사고로 생사를 넘나드는 고통에서 깨어나면서 한쪽 팔을 쓰지 못하는 자괴감은 문학 등단이라는 낯선 단어가 용기를 북돋아 주었습니다.
비록 학창시절 이후 줄곧 이공계와 인연을 맺고 살아온 저로서는 시골에서 태어난 고향의 그리움과 삶의 숨결에 느낀 서툰 솜씨로나마 느껴왔던 저의 진솔한 마음을 담은 부족함이 많은 서정적인 글입니다.

옆에서 늘 보살핌과 따뜻한 격려로 지켜주는 아내와 보람 있고 긍정적으로 생각해주는 아들딸들과 형님들과 누나 동생 가족 그리고 이 책을 오래 남기게 해줄 저를 아시는 모든 분께도 감사와 함께 뜨거운 사랑을 보냅니다.

부족함이 많은 글이지만 한편이라도 어느 독자의 가슴에 남는다면 저에게는 영광이요 큰 기쁨이요 저의 작은 소망이 되겠습니다.
감사합니다.

시인 정찬열

♣ 1부 고향

♣ 2부 본인

♣ 3부 자연을 노래함

♣ 4부 사회, 기타

QR 코드

스마트폰으로 QR 코드를 스캔하면 시낭송을 감상할 수 있습니다.

제목 : 그대와 인연
시낭송 : 박태임

제목 : 아버지의 가르침
시낭송 : 박태임

제목 : 가을날의 새벽
시낭송 : 박순애

제목 : 살아간다는 것은
시낭송 : 박영애

제목 : 삼겹살 쌈밥
시낭송 : 박영애

제목 : 영원한 인연
시낭송 : 최명자

제목 : 초저녁의 소묘
시낭송 : 박영애

제목 : 삶의 여정
시낭송 : 박순애

제목 : 인연
시낭송 : 박영애

제목 : 인생 여로
시낭송 : 박영애

제목 : 황혼의 갈망
시낭송 : 박영애

제목 : 봄의 여울
시낭송 : 박영애

제목 : 갈림목의 여름
시낭송 : 김지원

제목 : 가을 담쟁이
시낭송 : 최명자

제목 : 가을 달밤에
시낭송 : 노금선

제목 : 초가을의 서정
시낭송 : 최명자

제목 : 들국화
시낭송 : 박태임

제목 : 겨울밤의 시심
시낭송 : 최명자

1부 고향

봄 전령사

골짜기에
잔설이 남아 있는 오후
세인 봉 이어지는 계곡을 따라
계곡물이 졸졸 동적 골을 산행하다.

바위도 이끼를 사랑으로 품었는가?
골짜기 바위 위에 착 달라붙은
초록 융단 덧칠한 것만 같아서
유심히 살펴보니 분명히 새-싹이라네.

바위를 감싸는 융단 옷을 둘렀다.
가던 길 뒤돌아서 확인을 해본다.
봄바람의 사랑을 알아서일까?
나무 밑-둥에도 초록 융단이 곱다

혹독한 눈보라도
훌훌 털어버린 계곡의 물소리에
틔우는 것은 무등산에 배달부
봄의 전령사

양민 위령탑

철야 마을 앞 숲정이에는
1951년(辛卯) 2월 26일에 자행된
남북 분단이 낳은 역사의 희생자들
양민학살 추념 탑이 서러움을 토하고 서 있다.

가난의 질곡에서 벗어나지 못하여
산나물을 구걸하든 산 아래 민중들
빨치산 입산자라는 억울함 속에
부역의 연결자라는 누명에 울분 토한다.

나주 경찰서
특공대 꼬드김과 위협으로
모두가 나오라 한 선량한 양민들
철야 마을 뒷산으로 끌려간 삼십육 명
억울하게 총살당한 32명의 민중의 한이란다.

작전 중 사살 자라
남겨진 왜곡된 현실은
처참하게 총살당한 동박 굴재 사건
진실화해 위원회의 권고에는
처절한 민중의 숨소리만 살아 숨 쉰다.

삘기 꽃의 상념

봄의 햇살 가득 품어
망종(芒種)이 문턱에 치달으면
하얀 삘기 꽃 시간의 흔적에
농촌엔 모내기에 여념이 없다

심는 모를 줄 세우다
다리에 검게 붙은 선혈도둑
두툼하게 살이 찐 거머리 떼어낸다.

사방에 둘러봐도
지천에 피어난 하얀 삘기 꽃
한 움큼 따다가 지혈제로 붙여두고
허기진 뱃속을 막걸리로 채운다.

못줄 따라 모를 심어가는
모심기에 쫓기듯 지친 하루
뙤약볕은 늦도록 들판을 더듬는다.

은빛 물결 논둑에
삘기 꽃이 만발할 때면
숙성을 끝낸 지나간 추억
스치는 상념은 너무나 멀고 멀다.

12

그대와 인연

긴 머리
소녀와 나의 만남은
삶 속에 우연이란 상통이
사랑 찾아
흘러온 인연으로
동아줄 되어 마음을 묶었습니다.

인연이 된 기쁨은
만남으로 엮어진 행복의 노예
그대와
뗄 수 없는 인연이 되어
기쁨도 슬픔도 함께할 수 있음은
하늘이 정해준 소중한 인연이었습니다.

그대와 내가 걸어온 길이
가정이라는
행복으로 만들어지고
염화미소(拈花微笑)의 사랑은
필연이 이어준 떨칠 수 없는 인연입니다.

가까워진 고희의 문턱에서
여름날 고개 숙인 해바라기처럼
풍상이 불어왔어도
내 곁을 지켜준 사람
당신이 지켜준 인연은 영원한 사랑입니다

제목 : 그대와 인연
시낭송 : 박태임
스마트폰으로 QR 코드를 스캔하면
시낭송을 감상할 수 있습니다.

낙조의 바다

바다가 오라 하여
승용차 속 비서를 따라가니
백사장에는 갈매기만 노닐고
갯벌은 물길을 품고 있었다.

그토록 커 보이는 바다에
철썩이는 파도는
뺨 위에 부서지고
갯벌 냄새만 콧속으로 달려든다.

저 멀리 밀려난 바닷물
바다를 줍는 몇 사람 아낙들
그 너머엔 하얀 물보라
흰 물결 굴러와 철썩, 멎는다.

파도가 손짓하여
바다 갯내음 차 속으로 밀려들고
외롭게 지평선 물보라 치며
낙조에 타는 바다는 울고 있었다.

외손자에 줄상처

나의 오른팔은
쓰지 못하는 의수족이 달려 있다
겉모습만 같은 팔과 손이 되어
뭇 사람들의 눈속임으로 넘어간다.

절단 수술 차
입원해 있을 때
딸내의 일곱 살 외손자가
외할아버지 손은 어디에다 뒀어요?
'응, 병원 의사한테 고치려 맡겼다

퇴원 후
나를 만나 오른손만 쳐다본다.
손가락을 움직여보세요? 외할아버지….
지금 와서
외손자에게 무어라 변명할까?

지금 나에게는
어쩔 수 없는 현실을 말하려 하니
왠지 상처를 줄 것만 같아
나도 모르게 명치끝이 발작을 일으킨다.

눈물샘 연가(戀歌)

꿍꿍대며! 앓는 소리!
머리를 짧게 잘라버린 할머니
누군가를 부르는 할아버지
30여 개 병상에 누어 앓는 환자들
천사 같은 간호사들이 분주한 병실

그 병실에는 식물(植物) 인이 되신
2년을 채워가는 장모님이 누워 계신다.
코 줄에 연명하며 기구한 생명을 탓하시며.
불효 사위 왔어요. 움직임도 못 한 채
옆으로 구부리신 상태 예전이나 다름없다.

장모님! 장모님!
오늘이 장인님 11주 기일(忌日)을 아시나요.
제사(祭祀)라도 함께 지내셔야 하는 데.
왜 그리도 오래오래 이곳에 누워계시나요.

미동도 안 하시던
눈꺼풀이 실눈처럼 뜨시려다 감겨버린다.
눈물샘 한쪽에서 눈물이 내비친다.
장모님! 내 손 한번 꽉 잡아보세요
반응을 못 하신다.
살아생전 그날이 그리운가 보다.

사랑이 머문 자리

외 따른
산길을 걸을 때마다
주변에 연갈색 널브러진 잎 새

지난해를
살고 간 고사리 잔재
새로운 듯
봄이 되면 이곳에 오자고 한다

두 팔의
필요성을 알고부터
봄이면 아내와 고사리 캐러 간다
부드러운 고사리를 캐는 일은
필요성에 머물지 않아서이다.

눈앞에
아른거리는 고사리나물
5년 넘게 봄이면 함께 하던 봄날
아내는 그때가 꿈속을 헤집나 보다

예전엔
지애(至愛)는 꿈속에서 머물었고
나름의 취미에 취해 놀아났지만
불행이 섞여 피어난, 사랑이 머문 자리

지애(至愛) : 더없이 깊은 사랑

아버지의 가르침

술상 앞에 앉으면
나도 모르게 무릎이 꿇어진다.
어릴 적 사랑방에 손님이 오실 때면
넷째야! "어서 와서 손님께 인사드려라"
교육을 가르치며 인사를 하게 한다.

소박한 소반에 간단한 안주상이다
손님 앞 술상이 한쪽으로 밀려지고
네! 하며 곧바로 손님께 큰 절로 인사한다.
"손님 앞에 무릎을 꿇는 것은 예의범절이다"
"다음은 술 한 잔 따라서 올 리 거라,"

그렇게 자식의 훈 교를 가르치신 아버지
세상과 이별을 피하는 방법은 없다고 하나
숙명으로 예약된 길을 갈 수 있으실 텐데
85세의 일기로 결코 그 길을 가셨습니다.

그렇게 즐겨 드시던 술도
물까지 희석해 드시든 아버지
끝내는 재촉하지 않으시든 길을
정을 떼고 그렇게 우릴 두고 가셨습니다.

아버지!
하령(下令)과 같이 받은 삶의 가르침
선망과 존경의 대상인 우리 아버지
빛살 같은 당신의 교훈을 영원히 존경합니다.

제목 : 아버지의 가르침
시낭송 : 박태임

스마트폰으로 QR 코드를 스캔하면
시낭송을 감상할 수 있습니다.

버들개지

이따금 햇살을
토해내는 하늘을 보며
겨울바람 한 줌 섞어 걸어갑니다.

바람은 이별을
예감이라도 하는 듯
가슴 속을 헤집으며 파고듭니다.

떨어져 쌓인 나뭇잎만
질긴 인연으로 짓밟히며
햇볕이 굴러간 골짜기 따라
봄을 찾아 길을 재촉합니다.

어느새! 듬쑥 내민 하얀 망울
계절의 삭풍을 이겨내고
물소리 행진에 겨울이 녹아들면

차가운 발톱이 남은 길가에
얼음 풀려 깨어난 버들강아지
냇물에 품어 나와
봄 꿈에 부풀어 뒤척인다.

불효자의 후회

5남 2녀 중 넷째아들인 나는
해병 입대 후 사복 소포를 받으시고
어머님께서 식음을 전폐하셨다는 것을
마음에 사무치게 휴가를 와서야 알았다.

전선에선 선발대인 '청룡부대'
부산항 제3 부두에서 출항하던 날
인생이 마지막이 될 줄도 모르는
월남의 전쟁터로 떠나면서
아무에게도 가족에게도 알리지 않았다

수많은 사람이 전송 나온 식장에는
나를 찾아 환송하는 사람은 아무도 없다.
이제 가면 살아올지, 주검으로 돌아올지….
부~웅 가슴 찢어지는 뱃고동 소리에
처음으로 사나이 통한(痛恨)의 눈물을 흘렸다.

생사의 갈림길, 이국 전선으로 떠나면서
그때 과연 잘한 일일까? 부모님에게!
지금도 마음속에 그려지는 그 시절에
지워지지 않는 불효함이 박제로 남아있다

사십 사 돌 가시버시

내 곁을 보살펴 주는 사람
철없던 시절 혼인이라는 명제 속에
부모님과 지인들의 박수갈채를 받으며
꽃송이 지르밟고 함께 한 사람

환갑의 문턱에서 사경을 헤맬 때
고운 매 힘겨움도
나의 뒷바라지에 열정을 다하는 실인(室人)
내 곁을 끝까지 시중들며 지켜준 사람

애들 앞에선 엄마의 자리를 지켜주고
오직 헌신으로 내 곁을 지켜준 사람
벅차고 힘들어도 내색을 하지 않는
사십 사 년간 희생을 다한 당신입니다.

여보! 라고 처음으로 불러보는
나는 당신 없이 살아갈 수 없는
지애(至愛)로 덧없이 살아온 사람
소중한 바지랑대 같은 가시버시입니다

바닷가에 서정

해가 중천에 뜬 한낮
파도가 드난 바다 자국
달구던 모래사장 널브러진 체
물너울 모래층계 쓸어 당긴다.

우르르 몰려왔다.
밀려가는 하얀 물보라
파도가 일구어낸 모래 둔치엔
한산한 갈매기 떼 무리 지어 노닌다.

가을,
갈맷빛 바다 넘어 엔
도란도란 파도 소리 연주하는 곳
바닷가 해송이 곧게 자란 바닷가

추념이 가져다준
지난여름 피서객들 여운 속에
흔적만 살아 숨 쉬며, 바다는
시간 속 추억으로 서정만 밀려든다.

영정 사진(흔적)

따르릉 전화벨이 울린다.
위독한 장모님 간밤을 지새우고
눈에 번쩍 띄는 아내의 불안한 전화

영상 속으로 겹쳐지는 상념은
간밤에 자손들이 울먹이며 지켜봤다
입을 막은 삼십 개월 요양 병상 생활
아내의 전화는 울음이 앞섰다

진정되지 않은 일손에
떨림이 앞서 지체할 수 없다.
북받친 설움 장례예식장 빈소
하얀 국화꽃 속에 묻혀 계신 장모님!

화답 없는 사진은
조문객과 묵언의 고별을 지키고
나 또한 편안을 소원하는 묵시적 침묵
살아 계신 것만 같은 영령 앞에 묵상한다.

제사상 곶감

제사상과 진상에
약방에 감초격인 곶감
우는 애도 곶감을 준다 하면
울음을 그친다는 맛에 반한 곶감

떨어진
감꽃 꿰어 목에 걸었든
저 곶감은 저 혼자 둥글납작하고
맛있는 곶감이 되지 않았을 것이다

곶감아! 너는
주인의 칼날을 받아야 했고
줄지어 처마 밑에 매달린 채
보름달도 두세 번 만났을 것이다

하얀 가루를 뒤집어쓴 것은
떫은맛 "타닌 성분"을 대신해서
달고 맛있는 저장 곶감으로 태어나
우리네 제사상과 진상에 상전이구나.

쓸쓸한 행로

시대의 흐름 따라
가족의 사후에 혼과 넋을 묻을
고향 뒷산에 가족묘지 만들던 날

첫 눈발이 뿌리고
낮쯤에는 먹구름이 몰려들어서
쓸쓸한 갈바람이 휩쓸어 불어댄다

장비가 가족묘지 터를 닦고
부모, 형제 넋을 담을 묘비를 놓는데
낙엽을 홀연하게 날 리여 함께 뿌린다.

언젠가는 내가 묻힐
쓸쓸하게 모든 것을 여의고만 있음을
비바람도 내 마음을 알고 있을까?

갈바람에 저토록
외롭고 쓸쓸하게 함은
허무한 내 마음을 위로하는 것일까
갈바람도 내 마음을 안다는 것일까?

인생 살아가는 길

소리 없는 인생길은
지나봐야 아는 것이기에
아픈 흔적만 괴로워 말고
뜨는 일출 기대하듯이

말없이 가는 세월
그 자리에 다시 서는 인생길에
돌이킬 수 없는 방심은
내 몸에 상흔(傷痕)만 남겼구나.

소리 내어 흐르는 물은
강이 되어 바다로 가지만
포기할 수 없어 내게 맡긴
인생길 괴로운 상처만 남겨지고

뒤돌아 가서도
붙잡을 수 없는 갈망의 미련은
부딪힌 인생길의 재앙과
상흔은 예견할 수 없어서다.

세월의 무게에 깊어진 골
주름살만 깊어지는 인생살이
돌이킬 수 없는 장애인의 꼬리표
그냥그냥 받아들이며 살아가련다.

가을날의 새벽

깜깜한 밤인데
눈을 뜨니 오경(五經) 이다.
깊은 잠에든 가족들이 깰까 봐!
문소리도 조심하며 밖을 나간다.

둥근달은
날 바뀌며 시달린 세파에
희멀건 송편 같은 그림을 그려낸 새벽
높은 산봉우리 획을 긋는 여명에 시간
그 속에서도 귀촉도는 밤을 깨우니
늦잠 든 샛별이 깜빡이며 하품한다.

가벼운 아침체조
굳은 체력을 풀어내고
으슥한 달그림자 동무하며 걷는다.
멀리서 가까이서 뒤질세라 새벽닭 우는 소리
밤을 새운 가로등도 하나둘씩 퇴근을 한다.

물안개 피어오른
길모퉁이 당촌 저수지 변
코스모스 지는 언덕엔 낙엽이 쌓이고
허기진 시심에 어둑새벽 길은 걸으면서
나의 세월 같은 하순 달(月)을 탓하고 있다

보름달의 환영

휘영청 밝은 보름달
추석 명절 때만이 아니다.
일 년이면 열두 번
뜨고 지는 보름달이지만

가슴 깊이 파고든
파월 전선의 밤 근무 때에
사나운 모기 피해 두꺼운 비옷 사이로
빠끔히 떠오르는 둥근 보름달
고국에 부모, 형제 그려지는 보름달인데

그달은 지금도
변함없는 자태로
보름 동안 차오르는 달
저세상에 계신 부모님이 각인된다.

그 추억을 박제된 보름달
나와 아내가 떠나고 나면
또, 내 아들 내 손자들도 찾는 환상
나처럼 과거를 꺼내볼 환영(幻影)에 달

탄생의 기쁨

카톡으로
보내온 아기천사
두 눈을 꼭 감고 검은 머리
이 세상에 태어난 옥동자여라

정성두, 송선미 커플
지난해 4월 주례를 서준 부부
검은 머리 백발이 되도록
아들딸 낳아 백년해로 소망 되어

미소 가득한 신부
아기는 이마가 넓은 아빠를 닮았다
아가야 누구를 닮은들 너희 씨려니
건강하고 씩씩하게 자라다오.

내가 낭독한 주례사가
빛을 발하고 희망이 되어
이 기쁨 어디에 비교할 수 있을까?
자랑스러운 동방에 등불이 되어다오

선묘 시제(時祭)일

'시제 물'이고지고
부친 따라다녔던 어릴 적 육십 리 길
산길 굽이 샛길 따라 비포장 길 걸으며
쉬엄쉬엄 조상 이야기 들어 담고
"해마다 돌아오는 시월 보름날 시제일이다."

'백암 동 제字 종 선묘(先字墓)'
망부석이 묘 지키는 쓸쓸한 선묘에는
빈 상석 앞에 놓고 일 년 내내 기다림은
산소 길은 달라져도 찾는 후손 적막하여라.

그래도 아직은
열정 많으신 후손들이 계시기에
종중 어르신네 잊지 못할 그 정성으로
지금은 숭고한 마음으로 시제를 모신 다오

조상의 은덕으로 살아가는 후손이
조상 숭배함을 누구를 탓하리오
세월이 흐른 후 조상도 잊을까 봐
시대의 흐름이 염려되어 조상 시제일

겨울에 핀 장미

대설(大雪) 지난
통나무 기둥 울타리에
줄기에 몇 잎 달린 가지 끝에는
고혹(蠱惑)에 붉은 미소 피어 있어라

사랑을 받고 싶어
철 지난 가지에 붉은 미소는
누구를 기다리며 유혹하는가?
갈바람도 이겨내며 피워낸 꽃은

살펴보면
찬 서리도 이겨내고
상처받은 꽃잎 입술로
오고 가는 사랑을 다 받고 있다

하얀 이불
덮어지면 어이하려고
절기 앙탈 유혹에 빠져 있구나!
가는 날들 아쉬움에
계절을 털어내는 빨간 장미꽃

초급을 다투는 환자

건강 검진을
무서워하는 사람
하늘로 떠나신 장모님
병시중에도 마스크를
싫어하는 '처제' 씨

마스크를 쓰는 것에 놀라고
발 딛는 것이 이상하다 하시더니
죽음보다 앞서 고립시키는 것은
병원들의 업무가 끝나버린 어려움 중

팔방으로 찾는 수소문 끝에
어렵게 치료하는 병원을 찾았다
초급을 다투는 '뇌경색'
천운이 도운 탓에 위기 넘긴 한숨

시급을 다툼의 증세가 며칠간의
대학병원 집중치료에 열중하시어
환자복을 입고서도 환한 얼굴로
병실이 좋다며 안도에 미소를 보낸다.

다낭의 아침

바다 안개 배회하는
베트남의 다낭만 항구도시
회색빛 바다 위에는
점찍은 어선들 아침을 시작한다.

건기와 우기를 구별되는
송한 호텔 13층에서 바라보는
전쟁을 딛고선 다낭의 도심
붉은색 지붕들이 자취를 감춘다

44년 전 내가 파월 당시
화려하면서도 한적했던 도심이
죽순처럼 들어서는 고층빌딩들
거대한 공룡으로 탈바꿈하고 있다.

동남아시아의
꿈틀대는 용처럼
승천을 위해 눈을 떴다
포성 소리도 주인 찾은 다낭시가지

해당화 피는 해변

징검다리 연휴 날
자녀들이 예약해둔
서해바닷가 해당화 마을
고창군 상하면 명사십리로

석양의 낙조를
힘차게 몰고 오는 곳
열한 명의 가족의 하룻밤
여명 속에 졸고 있는 가로등이
우리네 가족을 지켜주는 새벽

아침을 깨우는
여월(餘月)의 펜션에는
비둘기 구구하며 꿩 우는 소리와
멀리서 들리는 파도 소리에 설친 잠

물마루 문지르는
파도 소리 정겨운 바닷가를 나간다
갈매기 동무하며 내자와 걷는 바닷가
해당화 꽃향기에 아침 동살(東曬) 밀려난다.

여월(餘月) : 음력 4월의 이칭
동살(東曬) : 새벽 동이 훤히 터서 비친 햇살

가족 묏자리

고향에 뒷산은
부모님이 남기신 유산이다
아버지께서 술병 들고 터전 일구신 뒷산
당신의 묏자리로 유언만 남기시고

아버지의 혼을 남기는 뒷산은
대나무, 밤나무, 잡목을 베어내고
산림청의 도움으로 심은 편백과 헛개나무
피땀으로 남긴 유산 둘째 아들이 지키신다.

아버지가 도라지 심었던 그곳
그곳의 묏자리는 부모님 혼도 담아
한때는 넷째아들 꿈을 묻은 젖소 목초지
자식들은 가슴 모아 가족의 묏자리로 정했다.

고향 집 조양동에 터를 잡으셨고
아버님은 진입도로 사들이셔 만들고
열정으로 집도 짓고 가꾸신 뒷산에 조성한
좌청룡 우백호에 버금가는 가족 묏자리

칠석 밤

청승 떠는 반딧불은
깜빡깜빡 불을 켜고
밤하늘 초저녁을 안내한다.
북두칠성 건너가는 오작교 위로

은하수 수놓은 밤
고향 집에 한여름 마당 가운데는
멍석을 깔아 놓은 여름밤 저녁의 마당
풀 짚을 태워서 모기향 불을 대신하고

수많은 별빛의 그리움은
까치 머리 위로 다리 놓인 오작교
청춘남녀들의 박제된 추억이어라.
그리움만 깊어 가는 미리 내 칠석 밤에.

온 가족이 둘러앉아
미리~내가 가로지르는 밤에
물에 담근 수박으로 여름을 먹든 밤
별을 세는 저녁 멍석에 누어 고단함을 턴다.

결혼하는 딸에게

사랑하는 딸아!
오늘은. 너를 낳고 길러준
사랑하는 부모님을 뒤로하고
새로운 꿈과 사랑이 기다리는
새 출발을 하는 날이다.

사랑하는 딸아!
네 뜻을 모두 받아준 부모님 아래
부담 없는 사랑을 독차지하며
35년의 사랑을 듬뿍 받고 살아왔지

사랑하는 딸아!
오늘은 2남 1녀의 장남으로 태어난
책임감이 강하고 출세심이 남다른
한 직장의 이 현철을 배필로 맞아
수많은 하객의 박수를 받으며

주례사님의
혼인 서약과 훌륭한 선언을 받고
검은 머리가 파뿌리가 되도록 살라는
신랑과 신부가 되어 백년해로를 하는 날이다.

사랑하는 딸아!
인생을 긴 항해로 비유하기도 한단다.
때로는 순항을 하는 날도 있고
역풍과 풍랑에 힘들 때도 있는 것이다

사랑하는 딸아!
앞으로는 어려운 고비마다
두 사람이 손을 꼭 부여잡고
힘을 합해 항해를 해야 한다.

사랑하는 딸아!
지금 이 순간부터 두 사람이
서로를 아끼고 사랑하는 마음으로
잘 가꾸고 이겨 나아가야 한단다.
사랑하는 딸아!
상대방을 진정으로 존중하고
무한한 신뢰로 이해하는 마음이
꼭 필요하고 중요 하단다.

사랑하는 딸아!
세상에는 단점이 없는 사람이 없다
상대방의 좋은 점을 찾아
더욱더 사랑하고 신뢰하며
단점과 약점을 이해하기 바란다.

사랑하는 딸아!
너도나도 사랑을 신뢰를 하며
지금의 그 절절한 마음을
평생 동안 잊지 말고
한평생 아름다운
화목한 가정을 이루기 바란다.

2부 본인

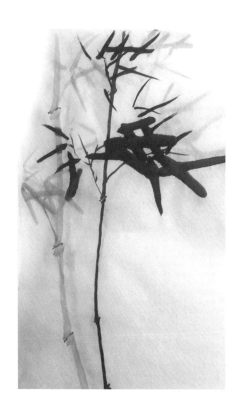

살아간다는 것은

파도가 밀려오고
파도가 밀려가서
새로운 해안선을 만들 듯이
그렇게 살아가는 것이다

때로는
비바람이 몰아치고
파도에 백사장이 허물어져 가도
그렇게 바닷물이 덮쳐 지나가면
다시금 바다는 잔잔해지듯

그렇게
삶은 살아가는 것이다
허구한 날
잠잠할 수 없이 살아간다면
누구도 삶을 영위하기 힘들 것이다

변할 수 있음이 있기에
파도가 지난 자국
새롭게 만들어진 해안 모래섬처럼
날마다 조금씩 변하며 살아가는 것이리라

제목 : 살아간다는 것은
시낭송 : 박영애
스마트폰으로 QR 코드를 스캔하면
시낭송을 감상할 수 있습니다.

세월의 갈망

화장실 벽체에는
넓죽한 거울이 붙어있다.
사내는 가끔 얼굴을 바짝 대고
자아를 한탄하며 응시를 하는 건

하얗게 삐쳐 나온
한탄의 빛깔의 옵서버에 걸려 있다
힘겨운 몸짓으로
몇 번이나 실랑이만 반복한다.

하얀 실낱과
가녀린 힘겨루기에
끝내는 족집게를 동원하면서
늙어가는 세월과의 실루엣
겉으로 내비치는 하얀 흔적보다

거울 속에 내면처럼
자아의 속사정을 탄식하며
빛바랜 속마음에
힘겨운 갈망(渴望)의 속사랑

날개 꺾인 삶의 노래

순간의 판단은
천길만길 낭떠러지 길
그 길은 오로지
+ ≦ - 공식이 따르고
+ 의 확률은 2~30% 확률이다

순간의 선택은
요행도 행운도 없다
생생하고 쓰디쓴 열매는
여로의 노정에 몸부림이다.

오체투지 중
오체(五體)는 망가지고
투지는 땅에서 서성이며
기백은 의지의 무게에 눌려버렸다

생생하던
결과는 비정상에 시달리고
간과하지 못하고 몸부림치며
환갑의 나이에 잃은 날개 퍼덕인다.

끝내는
하늘은 날고 싶은 소망도
고귀한 삶의 이끼 서린 생의 질곡에서
허허하며 자탄가(自歎歌)를 부르고 있다.

나의 붓-방아

나는 특별한 시인이
될 수 없는가 보다
진회색 빈 마음속은 공허함뿐인데
널 구름은 스치듯 까 막질 되뇔 뿐

일장춘몽(一場春夢) 인가
일각(一刻)이 여삼추라
꽃이 피면 꽃이 핀다고만 하고
바람이 불면 바람이 분다고만 하는
본 대로 느낌에 덧칠도 하지 못하는

나는 특별한 시인이
될 수가 없나 보다.
문우들의 시문을 보면 그렇고
선배들의 작품을 보아도 또 그렇고
시 창작 기법을 초대하면 더욱 그렇고

나는 특별한 시인이
될 수 없는가 보다.
내 존재감이 자꾸만 무뎌지는 건
그것 밖에는. 그뿐인 것을.

더 이상의 안목(眼目)과
하얀 여백 위에 생각마저
상상의 나래도 자아의식에 무너지니
기승전결 이정표에 마중물을 채워가자

북받친 설움

열차 타는 홈
들린 음료수 병마개가 딸 수 없다.
홈 저쪽 젊은 남녀가 눈에 든다.
가깝게 접근하여 이것 좀…. 하려 하니

아뿔싸, 금방 두 남녀가
갑자기 껴안으며 뽀뽀를 한다.
민망스러워 내민 팔이 갈팡질팡
그냥 못 본 척 뒤돌아서 온다.

내려오는 학생에게
저 좀 미안한데, 이것 좀 따주실래요
몇 번을 힘을 쓰다가 그냥 돌려준다.
또 다른 젊은이한테 반복한 사정

한쪽 팔을
쓰지 못하는 장애의 설움
입안으로 넘어가든 음료수가
나도 모르게 눈물이 길을 잃었나 보다.

인생 여정

나그네의 여정의 삶에
가는 세월을 붙잡지 못하고
흐르는 구름 속에 달이 지나듯
멈추려도 멈춰지지 않는다.

흐름 따라 지난 발자국
세월의 지친 흔적 그려지는
인생의 가을을 마주하니
상흔이 남겨진 안면 주름살

굳어져 가는 뼈마디는
앉고 설 때마다 내뱉는 초침 소리에
희끈거리는 머리카락 뽑아내고
검정 염색으로 감추어도 소용이 없네

감추어지지 않는 세월의 무게는
지워지지 않는 그림자 되어
인생의 가을이 된 나그넷길
내려놓을 무지개 꿈 배낭에 담고 있다.

삼겹살 쌈밥

계절 따라 가끔 쌈밥을 먹는다.
야들야들 치마폭 같은 상추, 잎에
그 위에 내가 좋아하는
호랑 가시 잎 형태 닮은
뜨물 나는 민들레 잎과 쑥갓 잎
장모님이 보내주신 곰삭은 된장

노릇노릇 구워진 돼지 삼겹살
해묵은 마늘장아찌를 곁들이면 금상첨화다.

그런데,
둥글둥글 마늘장아찌가
자꾸만 쌈에서 튕겨 나온다.
한쪽 손만 쓴다며 비웃는다.

앞에 놓인 접시가 오른손을 대신하고
왼손으로만 거머쥐니 싫은가보다
뒤꽁무니 빼는 놈 젓가락으로
개별 입장을 시킨다.
와삭와삭 오감이다

보다 못한 아내가
상추 쌈밥을 싸서 내 입에 넣어 준다.
볼이 터질 듯 고소한 삼겹살 상추 쌈밥
매운 고추도 아닌데 눈물이 난다.

제목 : 삼겹살 쌈밥
시낭송 : 박영애
스마트폰으로 QR 코드를 스캔하면
시낭송을 감상할 수 있습니다.

50

불행한 조로

어제는
이미 늦었다
강물은 덧없이 흘러갔고
오복은 축 처진지 오래

어느덧
한평생을 살다 보니
그래도 아름다웠던 것은
추억을 찬미하는 것

날지 못하고
떨어져야 하는
추락하는 날개는
그는, 얼마나 불행한가

살면서
행복과 불행은
해탈(解脫)을 염원하는 성찰(省察)
주어진 운명의 서막 같은 것

가을이 되면 낙엽도
쓸쓸히 지는 것이리라
어쩔 수 없이 떠나려는 쓸쓸함이
조로(朝露) 같은 우리네 인생길처럼

향수에 묶는 달

꿈속인 줄 알았다
뒤척이는 삼경에 영창을 넘어
유월 보름달과 함께한 2십 여분
잠자는 침대까지 밀치고 찾은 달은
달에 갈 수 없음을 알았을까 찾아온 달빛

수억만의 인류의
추억과 낭만과 이상을 더듬고
둥근 보름달이 침대를 파고들 때
순이 집 들창문에 붙잡아두길 소원하고
지난날의 망상이 우르르 몰려온다.

정월의 보름날 밤에
쥐불놀이의 추억에서부터
마당에 모깃불 피워두고 멍석에 누워
머나먼 월남전선 초병 서며 기도할 때
엄마를 그려냈던 변함없는 보름달

반가움에 뒤척이다
이십 여분 반가움을 보듬어 안고
그때 달이 홀연히 떠난 뒤를 그려 본다
육십 년 하고도 8년이란 세월 만에
내 사랑을 차지하기 위해 영창을 넘보는 달을

반환점의 문턱에서

베란다 창문에 비가 내리다.
이따금 들려오는 구급차의 질주
삼경도 깊어가는 침대에 누워
잠 못 이룬 밤과 씨름하고 있다.

비가 오려는 탓일까?
장애 팔이 SOS 을 보낸다.
아직은 힘겨운 통증의 고민
홀로된다면? 남은 삶이 버겁다.

멍에 자국이 치유되지 않는다
아픈 탓이다, 팔 하나를 쓰지 못한 장애
텔레비전 리모컨을 누른다. KBS 제2TV
갈수록 늘어나는 고독(孤獨)사(死) 방영 중

주말이 끝나면
제집 찾아 가버린 자녀 손자들
까만 밤의 동공이 커지는 시간
가족의 은총(恩寵)으로 살아온 황소의 삶

오른팔의 절규

어려서 살아가는 일을 배우고
학교에서 글 쓰고 세상을 길들이고
성인으로서 공생을 다 한 육체
왼손도 모르게 숱한 희생을 했다

살아있는 생명체를 잡는 사냥과
취미라며 즐기는 낚시 놀이에
너는 하루아침 대가를 치른 것은
이만 이천 볼트 감전의 희생물이 되었다.

오장육부에 양다리와 왼팔만 성한 채
바른 팔을 잘려 내야 하는 처절한 속내
미안하다는 말은 진통제가 되지 않았다.
오른손이 하는 일 왼손이 대신 할 수 없어

부모님이 만들어준 생명의 탄생을
한목숨 다 할 때까지 지키지 못하고
노년에 날개 꺾인 새가 되었지만
새옹지마의 의지로 오늘을 위로한다.

목련꽃 지는 밤

방한복을
몇 차례 걸쳤는지
피어나다 지쳐선 멈춘
머릿속에 기억만이 힘겨움 뿐
봄의 기지개로 목련은 피었습니다.

어찌하여 멈칫멈칫하였는지
봄기운 삭풍에 시달림을 했는지
나는 겉만 보와 알지를 못합니다.

그냥
별 밤길을 운동 삼아 걷노라니
비둘기 몇 마리 앉았다는 착각으로
무심코 지나치는 초저녁 밤이었습니다.

하지만
이 밤에는 하얀 목련화를 만났고
몇 날을 지새우면 떠날 거로 생각하니
마냥 붙잡고 싶은 그리움을 느껴봅니다.

목련꽃이 지고 나면
지금의 이 추억도 사라지는
이순의 끝 언덕 서러움이 몰려옴을
하나씩 떨어지는 목련꽃의 고뇌를 삭이며

내리막길에서

오늘도 길을 나선다.
오라느니 없어도
가야만 하는 길이기에
지난 시절 청년의 기백으로
뛰고 오를 때 좋았던 것을

무심한 세월은 파도에 밀려
한쪽 팔이 폐기된 몸으로
짊어진 무게가 버거운 듯
지난 추억은
매화꽃밭에서 아직 별을 줍고 있다.

용기 잃은
한두 발짝 뛰어넘는 유랑자의 길
남아있는 언덕을 향해 가는 길이다
부표처럼 떠 있는 불빛을 따라

주워진 운명에
그렇게 열심히 살아왔기에
대신 살아줄 수 없는 삶이므로
욕심 없는 내일을 살아갈 것이다.

엉덩이 걸음

감각이 둔한 오른손
을미년 겨울을 이겨내려다
엄지, 검지, 약지가 화상을 입었다
두 달 넘게 지방에서 치료하다

발열 패치에
화상 입은 세 개 손가락
손가락뼈가 돌출된 두 손가락
끝내 팔목 위는 생체와 이별을 했다.

내 옆 수액 걸이가
한 짐을 지고 지키고 있다.
수액과 진통제 항생제 영향일까
밤마다 화장실이 날 오라 한다

밤 열 시 되면 소등되는 병실에
왼팔에는 주렁주렁 링거 줄달고
오른팔은 나를 두고 떠나 가버려
오르내린 침대에 엉덩이로 가는 걸음

영원한 인연(因緣)

철부지 시절에
우연으로 맺어진 인연은
삶의 질긴 포로가 되어
주어진
숙명 속에서 사랑은
철길처럼 달리는 인연이었습니다.

환갑의 문턱을 들어설 무렵
절명의 뒤틀린 불행한 순간이
장애인의 불행이 찾아 왔지만
늦게나마
깨달은 행복의 길은
살붙이 인연으로 살고 싶은 핫아비

윤회(輪廻)의 진리 앞에
억 겹의
해탈로 엉켜진 인연
나에게는 필연으로 변화되어
특별히 잘해 준 것도 없는 거둠질

이해와 배려를 배우는 깨달음
절벽에 파도처럼 부딪혀 보라 하니
황혼이 되어가는 삶 속의 혜안(慧眼)은
모나지 않는
사랑의 파라다이스로

영원한 지킴이로
대신할 오른팔이 되어 피안(彼岸) 같은 인연

 제목 : 영원한 인연
시낭송 : 최명자
스마트폰으로 QR 코드를 스캔하면
시낭송을 감상할 수 있습니다.

회상을 품다

마음속에 살포시
그리움이 물들기에
추억에 향기 가득 품어
석양에 노을이 아름다운 것이며

여명에 샛별이
그토록 아름답듯
벅차게 달려온 인생길이
외로움 속에서도 빛을 발하기 때문이리라

또한, 낙엽이 아름다움은
비바람 감내하며 달려온 걸음
마음속에 지나간 추억이
그리움을 물들어 주기 때문일 것이리라

노년에 추억이 아름답다 함은
지난날 살아온 사연들이
촛불 같은 삶이 꿈과 희망이 되어
별처럼 빛나는 회상을 품는다.

곰 배-팔

오른팔 장애를 안고 산다.
불구의 중증의 환자로.
장애인으로 살아가야 한다.
곱씹은 가슴 어머니만 그렇게 하고

2008년 2월 4일
잘못된 순간순간 들이
깨어진 거울 속에 조각되어 비친다.

일상의 취미로
다니던 낚시도
삶의 취미 삼아 하던 골프도
모두가 깨어진 물거품 조각이 났다

곰배팔이
한스러운 건
짜증 나게 계속되는
약물로 지새우는 통증 때문이다.

최후의 절단(切斷)을
상담도 애걸해 보았지만
현행 의료법은 어쩔 수 없다는
곰 배 팔 부여잡고 시련의 삶이다.

그리움의 환상

무심한 세월의 그늘막에서
청자의 심연에 공허함을 본다.
눈앞을 버텨선 아파트 건물과 창호
따스한 햇볕을 반사해 보시한다.

작은 그리움이
가을빛 곱디곱게 내려앉을까?
괜스레 쓸쓸함이 가슴으로 옥죄여온다.
누군가가 스쳐 지나가는 필름 속에서
한때의 그리움이 뭉게구름 사이로 숨어버린다.

멍한 눈망울 크게 뜨고서
정원에 벚나무와 눈길을 마주할 때
그 시절 화려했던 봄날은 희미해지고
빙~빙 돌며 한 잎씩 떨어지는 갈색낙엽에

만추(晚秋)에 홀로 서 있다
변할 수 없는 시간의 운명 앞에서
얼마쯤 시간이 지나야
세월 깊은 이 그리움이 가라앉을지.!

초저녁의 소묘(素描)

어둠이 주섬주섬
땅거미를 붙들고
아파트 하우스를 찾아든다

구름이
먹어치운 저녁

뜰 앞에 세워진
등 굽은 가로등에서
황금색 불빛을 쏟아 낸다.

하루의 일과가
어깨를 짓누르는 시간

서재에 심연(深淵)은
내 머릿속을 도리질하며

조급하게 달려온
한 구절의 시어를 매도하고

푹신한
침대가 붙잡는다
인생의 가을은 붙들리고 말았다.

제목 : 초저녁의 소묘
시낭송 : 박영애
스마트폰으로 QR 코드를 스캔하면
시낭송을 감상할 수 있습니다.

63

어느 시인의 근황

역마살이 농익었을까
이승과 저승이
교차하는 갈림길의 사고로
공학도는 한쪽 날개를 잃어

문학의 틀이 잡혀갈 때쯤
내게 빨간 불이 켜진 것은
한쪽 팔이 3급 장애인이 된 지
그로부터 8년이 지나서였다.

의사 선생님의 진단은
남아있는 한쪽 팔을 많이 써
근근 막 파열 증후군이란다.
컴퓨터도 자제하라는 경고를 받고

의사 선생님의 당부 말조차
조금만 자판기와 친숙을 하면
또다시 재발하는 압박 통증에
반복되는 통증에 시달리며 살아간다.

황혼의 길목에서

무심코
지나가는 세월
머리카락은 희끗희끗
그것을 감추려고 염색을 해도
자꾸만 아픈 곳이 늘어나는
종합병원이 낯설지 않는구나.

아들딸은 결혼하여
엄마 아빠가 되어
우리 곁을 맴돌지만
나도 모르게 손주 사랑에
빠져들어 살아간다.

백 년을
기약했던 부부는
장고한 사십 년을 넘기고 보니
그렁저렁 늙어 가는 세월이더라.
까슬한 턱수염이 아버지 닮아
아버지처럼 그대로 기를까도 했는데

문득.
노년을 보내고 있음은
늙어 보이기가 싫어서일까
염색한 머릿결에 숨바꼭질하는
황혼 길의 본연을 숨김-질 하고 있다.

삶의 여정

향수 깊은
고향은 추억을 먹고
아침 이슬처럼 사라져 버린다.

혼돈과
질서 속에서 순환하듯
우리는 끓임 없는 생활을 반복한다.
우리가 살아남기 위한 이유다

어차피
때가 되면 본향(本鄕)으로
돌아가야 할 인생이라지만
우주의 질서 속에 발을 맞춰야 한다.

잿빛 하늘
어둠 속에 흐느적거리며
나락을 향해 한 발짝씩 걷고 있음은
남아 있는 한 가닥 삶의 여정의 행진곡이다

좋아할 것도
싫어함도 아니지만
남은 삶의 쾌락도 있음을 갈망하며
집착 없는 여정은 행진곡에 발을 맞춘다.

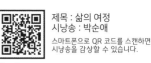

길 위에 복병

열두 달 중
부족함이 있는 달에
67년간의 전신이 생이별했다.

팔이 잘려나간
아픔이라 했던가?
아픔과 고통이 통한의 꽃처럼

어쩌면
봄을 잉태하는 산고와 같이
위로하는 듯 창밖에 함박눈이 내린다.

내 마음에
앙상한 나뭇가지 위에도
계절 늦은 하얀 눈꽃을 피운 것처럼

그런데
내 인생의 화려함은
봄을 그리는 처절한 그리움은
끝내, 한쪽 팔은 이별하고 말았다

수년 전의 사고는
돌이킬 수 없는 내 삶에
환갑을 넘긴 처절한 몸부림 끝에
불행이 몰고 온 내 인생의 복병인 것을

필적 남긴 나그네

약관(弱冠) 전
무렵에 불려간 파출소
도둑 누명을 쓴 어린 시절
친구와 나는 억울함을 호소한 끝에
증거로 제출한 일기장이 판결했다

딸을 둔
부모의 무모함은
그 집에서 두어 번 친구와 놀았을 뿐인데
딸을 보호하려는 아빠의 꼼수가
순진한 우리를 도둑으로 내몰았다

충격으로
내몰린 상처를 받고
종심(從心)을 목전에 둔 지금까지
기억을 더듬는 필적을 남기니
실(失)보다는 득(得)을 안겨주었다

결과는
오늘날의 문학을 넘나 보면
결핍의 내면을 살찌우기도 하고
지나간 추억을 뒤돌아보며
나그네 한 페이지의 필적을 남긴다.

눈 내린 호남선

눈 덮인 황량한 들판
질주하며 달리는 호남선 KTX
전신주와 소나무 숲이 질주하던
15년 전 그날도 많은 눈이 내렸었다

익산역에서
옆자리에 승차한 여인
그녀는 머리를 단정하게 뒤로 묶고
피부는 하얀 얼굴을 지니고 있었지

얼핏 보이는 수수함과
고상한 품위가 엿보이는 코트에
하얀 셔츠와 달라붙은 검정 스커트
붉은색 머플러에 배어 나온 고상 미

하얀 들녘에
폭설이 휘날리든 새마을호 열차
차 한 잔을 나누면서 그녀와의 대화도
계룡 역에서 내려야 했든 아쉬웠든 그때
호남선 상행 열차 오늘도 눈이 내린다.

인연(因緣)

이렇게
나와의 인연은
천생에 연분으로
정해져 있는 줄도 모릅니다.

서로의 만남이
우연이란 단어로
평생을 묶어 놓았을지라도
그대와 인연이라 기억하겠습니다.

수많은 별이
유혹의 덫에 걸려있는 내게
그 별이 내게로 다가오는 순간
나는 그만 자석이 되어버렸습니다.

때로는
비바람이 몰아쳐 왔고
차가운 눈보라가 불어왔지만
당신의 지혜와 의지가 피가 되어

우리는

감내하며 살아왔습니다.

청천 같은 벼락이 내게 떨어졌어도

온몸을 희생하며 나를 위한 희생을 감내하고

우러러보며

메마른 호강에 도리질하고

유유자적 강물만 흘려보내니

어언 금석을 껴안고 살아온 41계단

 제목 : 인연
시낭송 : 박영애

스마트폰으로 QR 코드를 스캔하면
시낭송을 감상할 수 있습니다.

71

인생 여로(旅路)

귀뚜라미
가을 연주도
뚝 끊겨 들리지 않는 새벽

서쪽 하늘에 떠 있는
보름달 핼쑥하게
옥상에 걸쳐 있다.

새벽바람이
여운을 밀어내고
쌀쌀한 바람 옷깃을 파고든다.

무등(無等)산 동쪽에
여명에 촉기가 다해지니
새벽이 문득! 쓸쓸하다.

바로 나 자신도
밝아오는 동창을
그리워하는 처지에 있질 않은가?

광명 잃고 지는 달은
내일 밤이면 다시 떠오르지만

길지 못한

우리 내 인생길은 한번 가면,

다시 못 올 피안(彼岸)의 여로인 것을

 제목 : 인생 여로
시낭송 : 박영애

스마트폰으로 QR 코드를 스캔하면
시낭송을 감상할 수 있습니다.

황혼의 갈망

나이테가 늘어나니
속절없이 늘어나는 주름살
수 없는 희로애락 걸머지고
살아왔던 인고의 자국이다

67세의 미소가 남긴 자리
인생 계급장을 만들어 놓고
오욕의 욕심에 시달리고 나서
어쩌다 악령에 붙들린 상처는

안면 구석진 죽음의 전령
사람들은 동안이라지만
암자색 검버섯만 사랑으로 피고
계단만 오르려 해도 힘에 부친 숨결

황혼의 인생길이
장애라는 상흔(傷痕)은 달고 살지만
황소걸음 징검다리 굼뜬 끝자락
한 점 부끄럼 없는 노년이 되고 싶다.

제목 : 황혼의 갈망
시낭송 : 박영애
스마트폰으로 QR 코드를 스캔하면
시낭송을 감상할 수 있습니다.

박제된 추억

아침 시간
창밖에 암울하게 흐린 하늘
회색 구름 속에 그려지는 영상
한 장 매달려 나부끼는 낙엽을 보며
가지 잘린 노송(老松)을 한탄한다.

내 삶도
낙장 붙은 낙엽인 것만 같아
걷잡을 수 없는 세월을 탓하며
지워지지 않은 추억을 헤며
흔들리는 세월 앞에 도리질한다.

인생의 덧없는
세월 속에 변해가는 것은
어느새 내 나이가 옛날의
아비가 되고 할아버지가 되어 버렸다

가버린 박제된 추억은
돌이켜 볼 수는 있지만
나도 모르게 가버린 청춘(靑春)을
되돌릴 수도 붙잡아 둘 수가 없어서다.

삶의 무게

우리의 밤.
도심의 야경 앞에
형형색색의 조명 빛을 뿌리고
달빛과 별빛도 빛을 뿌리지 못합니다.

고요한
밤이란 말이 무색하게
밤은 낮보다 화려해져
거리에는 온갖 소리 가득하고

그렇지만
우리의 마음은 불빛보다
가까이서 보면 비극이지만
멀리서 보면 희극이라고 했던가요?

전등불 아래는
삶의 무게에 지친
더, 어두움이 깔렸습니다.
술 마시는 사람들이 있습니다.

3부 자연을 노래함

망울진 청매화

혹한의 계절도
용케도 견디고 봄을 맞는다.
넘어질까? 삼발 목에 기대고선
검푸른 줄기마다 돋은 가지에

철 이른 봄소식
오가는 객들을 사로잡는 청매화
발걸음을 멎는 것은 반가움일까?
이 봄! 당신을 향한 청 매화나무

청록색 가지 하늘 아래
애달픈 산새 소리 함께 하며 보낸 계절
나뭇잎보다 꽃망울이 급한가 보다
가지마다 방그레 망울이 맺어

봉오리 터질 때면. 꽃잎은
난형에 일부다처(一父 多妻) 꽃술이
송이송이 꽃망울 터뜨릴 듯하면서
동풍(東風) 부는 바람 따라 알 수가 있다.

심술 꾼 눈바람은
처녀 봄 매화꽃에 머물다 가려 하고
어제 내린 새우에 망울 커진 청매화
전령 수 너를 보며 산뜻한 봄을 담아 가리다.

봄의 여울

겨울의 언덕
계곡에 얼음장 풀리니
얼음물 근심 쌓인
목청을 털어내고

마른 가지 나무에
연한 바람 감고 돌아
수양버들 실눈 뜨는
실개천 여울물에서
물오리 한가롭게
짝짓기하는 한낮에

흐르는 물소리만
싱그러운 날에
물소리에 깨어난
몽환의 그림자

살포시 부는 바람
햇살을 보듬어 앉고
숨어 웃는 물소리에
버들개지 배시시 웃는다.

제목 : 봄의 여울
시낭송 : 박영애
스마트폰으로 QR 코드를 스캔하면
시낭송을 감상할 수 있습니다.

갑오년 끝자락

웬! 겨울의 천둥소리
팽목항에 울부짖음일까
촛불 혁명의 응원일까
갖가지 혼돈으로 뒤엉킨다.

밝아오는 창밖에는
분명히 눈물 되어 비가 내린다.
속 깊은 아픔을 달래려 함일까?
뇌성(雷聲) 소리 통곡을 동반한다.

아픔과
슬픔의 통곡의 소리다.
외로움이 변한 통곡의 소리다.

한겨울에 통곡
보기 드문 노여움 뇌성 소리
노란 리본 한 맺힌 한 해였든가?
뇌성 소리는 갑오년의 끝자락의 통한

능소화

좁은 골목길 언덕에
못 이긴 척 찾는 실바람에
주홍색 취한 꽃잎 가득하고
담장에 살포시 고개 내민 얼굴

그리움에
취한 듯 사무쳐
덩굴손으로 휘어잡고
벙글어져 피워낸 깔때기 꽃

유혹하는 바람결에도
하늘로 곳곳이 고개를 세우고
수줍음에 피어난 미소에
알짱거리며 당당하게 서성인다.

기다린 벌 나비도
임 기다리다 지쳐서일까?
무심하게 지나친 슬픔에
꽃잎 체 떨어지는 일편단심 능소화

갈림목의 여름

이른 아침
아파트 창틈으로
요란한 굉음이 들려온다.
잡초를 잘라내는 기계 소리다.

아파트 뒤쪽에는
조그마한 어린이 놀이터가 있다.
파랗게 자라난 잡초 동산
끈질긴 어린 생명처럼
무성하게 자란 클로버 잎

그토록 짓밟혀도
꿋꿋하게 자란 생명
이름 모를 잡초들
생을 불태우며 자란 파란 잡초
한순간에 갈색 알몸을 드러내고 있다

풍경 진 동산에는
제멋대로 널브러진 풀잎
갈라놓는 예취기 기계 소리는
울어대는 말매미 합창에도
잘려나간 운명의
여름은 그렇게 뚝뚝 떨어진다.

제목 : 갈림목의 여름
시낭송 : 김지원
스마트폰으로 QR 코드를 스캔하면
시낭송을 감상할 수 있습니다.

개망초 단상

하얗게
너울거리며
피어나는 들녘에
그리움 한 옴큼
가슴에 한을 안고 옵니다.

갈 봄
여름 없이
산 들녘에 너울대고
풍년을 기원한다며
풍년 초라고 했든 그 이름

작렬한 태양 아래
갈증에도 무성한 꽃
유월 들녘을 휘저으며
실록의 풍경을 품어 앉고
무녀(巫女)의 춤을 추고 있다.

한 많은 조선 말년 왜인들의
짓밟은 바짓가랑이에 숨어
들어온 속설과 함께
시름없는 꽃은 보릿고개 넘어
개망초 향기만 6월을 더듬는다.

초봄 담쟁이

눈보라 치던 겨울도
옷을 벗은 벽에
맨몸으로 부대끼며
거머리처럼 달라붙어서

따스한 봄
포획된 햇살 살며시 품고
봄바람에 생을 틔우는 몸부림에

간지럼을 태우던
바람에 몸을 맡기고
청아한 초록 잎이 살포시 손 내민다.

매달린 오름 넝쿨
담벼락에 서성이던
넝쿨 잎사귀 하늘을 이고
햇살을 베개 삼고 기어오른다.

때맞춘 봄비는
마중물 되고 벙글대는 담쟁이
기어오르는 데
힘에 겨운 피안(彼岸)이란다

계절의 미소

화사했던
핑크빛 사월
붙잡아도 소용없고
흔적을 남겨놓고 떠났습니다.

돌아온 절기는
연둣빛 생생한 오월
남풍에 낭만을 맡기며
틈새를 비집고 찾아듭니다.

오월은
계절의 여왕이라
싱그런 희망과 미소가
잊지 않고 생기를 남깁니다.

윤회의 계절
감로 빛 따스한 오월이
생기 넘치는 활력으로
짓눌린 세월의 무게 속에

한 가닥 미소를 앉고
성숙한 삶 속으로 숙성되어
소리 없이 빙긋한 웃음으로
아낌없이 비추려 하고 있다.

가을 담쟁이

잔솔이 어우러진 숲속에
송 목(松木)에 기대 오른
넝쿨 담쟁이
키 높은 나무에 몸을 맡기고
쾌재를 노래하며 손을 흔든다.

기를 쓰고 오른다.
송 목은 귀찮다 해도
신세 좀 지자며 기어오른다.
넝쿨손을 놓칠세라 휘어 감고는

오늘은 바람도 없는데
손사래 춤을 춘다.
긴 한숨을 쉬며
초록도 지쳐 버린 가을이 오니

노란 단풍 빨강 멍이 든 신세
그도 이제는 이순(耳順)이 되나보다
그토록 발버둥 처대던 시절도
네 마음 포기 한 건 나는 알겠다.

너와 나의 신세가
어느덧 가을인 것을…!

제목 : 가을 담쟁이
시낭송 : 최명자
스마트폰으로 QR 코드를 스캔하면
시낭송을 감상할 수 있습니다.

86

거미

그물망을 펴놓고,
무더위를 낚아채려고
보초 서듯 잠복을 하는
작은 거미 한 마리

걸려든
고추잠자리가 발악한다.

먹이보다
작은 몸뚱이로
어느새 달려든 거미는
힘겹게 뜻을 이루고는
가냘픈 발끝으로 회오리친다.

음흉하게
약점을 이용한
파수꾼으로 몸부림
약육강식(弱肉强食)의
용맹하게 힘껏 비호(飛虎)한다.

바다 노을

바다는 항상
파도에 도전하는
영원한 친구이다.

바다는 오늘도
바람에 반란하며
파도를 깨문다.

노을빛
구름으로 선을 두른 듯
저 멀리 바다와 맞닿은 곳
석양 노을 붙잡힌 바다는

파도가 뒤흔드는
출렁이는 저녁노을
지친 무더위에 어슬렁대니
바다의 노을 파도 위로 내리붓는다.

갈 억새 핀 강변

차창 밖으로 펼쳐지는
푸른 물이 흐르던 강변에
갈대숲에 억새가 떨고 있다
푸르던 재방이 하얀 너울 펼쳤다

십수 년 전
지그재그 물길을 바로잡은 곳
강물 양편에 아담한 보조 강변

이따금 강태공이
낚싯대를 드리우고 세월을 낚던 곳에
푸르던 둑은 코스모스 꽃이 단장하고
언제부터 그 자리를 점령한 갈대와 억새

시린 하늘 아래
코스모스 축제 열렸던 곳에
서걱대는 억새와 한들대는 갈대의 부름에
갈대와 억새꽃 축제장으로 변해버린 영산강 변

광주천 영산강
서창 강변에 흐느끼는 갈대꽃
온몸을 흔들어 억새를 잠 깨우니
사각대는 걸음마에 흰 물결 나부낀다.

가을 달밤에

가을 깊어가는 보름날 밤에
달빛 보시 가는 길 길동무 있어라.
구슬프게 울어대는 귀뚜리 소리
아직은 걷는 길이 남아 있는 밤

돌아올 때 귀뚜리 다시 울려나.
걷는 길 머리 위에 하늘을 보니
밝은 달 줄 서가는 쫓아가는 기러기
기러기마저 건물 숲에 숨어 버리니
뉘라서 이내 마음 달래 줄거나

조금 후엔 다시 또 나와 주려나
아쉬움에 또다시 하늘을 보니
외로운 보름달만 반기는 가을밤
마음은 청춘인 가을 달밤에

귀뚜라미 우는 밤에 기러기 울고
속곳 적신 찬바람은 젖은 땀 식히고
흔적 없는 현판의 세월에 묻은
속절없이 밀려가는 인생살이가

제목 : 가을 달밤에
시낭송 : 노금선

스마트폰으로 QR 코드를 스캔하면
시낭송을 감상할 수 있습니다.

90

단풍의 주문

형형색색 고운 빛깔
산골짜기를 채색한다.
똑같은 계절을 보내고
똑같은 환경에서 자란 나무들

붉은빛을 태우거나
노랗게 물들어 가는 나뭇잎
민낯도 뻔뻔한 '단풍'
가을의 사랑을 독차지하여

갈바람 부는 산골에
시샘하고 너를 보러온 무리
너를 압도하려 고운 옷을 걸쳐도
네 앞에 압도되어 너를 품는다.

사랑이라는 이름표에
너를 묻잡고 이 계절 서성임은
네 이름에 묻혀 낙엽이 되어도
가을 단풍은 긴~ 주문(呪文)을 한다.

담쟁이 넝쿨

담쟁이 넝쿨
홈 패인 틈새를 비집고 오른다.
흡착판이 달린 것도 아닌 것 같은데
악착같이 담벼락을 기어오른다.
조그마한 틈새 찾아 오른다.

세 손 잎
넓게 펴고 손을 흔들면서다
도배장이 도배하는 마술사인가
딱딱한 빈틈에 먹을 것도 없는데
곡예 하듯 천정까지 도배한다.

콘크리트 벽면도
벽돌로 치장한 벽돌 틈에도
도심 도로변과 부잣집 담벼락에도
산골 숲 덩치 큰 나무 등에도 업혀져
손색없는 벽화를 거침없이 그린다.

벽면을 곱게
덧칠하며 단장으로 옷을 입는다.
하 유월 초록이 깊어지더니
오색 물감 풀어 미학으로 덧칠한다.
추(秋) 시월에 내려놓을 담쟁이의 삶

가을비 그치고

저만큼 물러서 있는 곳
청솔이 정좌 앉은 산마루에
새벽에 안개까지 풀어놓아
청록빛 잎새를 만지고 있다.

여름이 숨죽이는 사이
애잔하게 지쳐 우는 매미 소리
내리는 찬비에 매미는 어쩌라고
가을을 재촉하는 비가 내린다.

저물어가는 서녘에
햇빛 먹은 붉은 저녁노을은
고추잠자리 율동에 맞추고
귀뚜라미 합창에 밤이 열린다.

조급한 듯
마음속에 추억이 덮치며
아쉬움과 반가움이 교차를 하니
노년에 서러움은 결코 죄가 아닐진대

가을이 오려 한다

가을이 오려 한다
그토록 기를 쓰고 울어대든
매미 소리도 목이 졸려 울고
화답하는 귀뚜라미 우는소리
희미한 노랫소리 나를 깨운다.

그토록 무덥던 날에
절기가 입추를 넘어서니
한 점 바람도 살랑거리며
새벽바람 끌려와 창문을 노크한다.

짙푸른 나뭇잎도
무덥던 한여름이 좋았다며
봄을 알린 벚나무 노란 옷을 걸치며
나른한 기지개를 켜고 서 있다.

어디선가 바람 따라
하늘을 배회하는 고추잠자리
북쪽 창을 기웃대던 아침 햇살도
서슬 바람에 등 떠밀려 서성이는 계절

초가을의 서정

발버둥 치는
여름의 서정(抒情)이
보슬비 속에 몸부림친다.

뒷걸음질하는
열기를 품어내려고
가랑비를 흠뻑 맞고 있다.

9월의 끝자락
짧아져 가는
해그림자 품어 앉으며

버팀, 할 수 없어
소슬바람 따라가
굴레를 벗고 들녘도 물들고

몸부림하는
질곡(桎梏)의 무더위에도
계절은!
오색 속에 달려가는 그리운 서정(抒情)

제목 : 초가을의 서정
시낭송 : 최명자

스마트폰으로 QR 코드를 스캔하면
시낭송을 감상할 수 있습니다.

구절초

지천에 피어나서
무심코 지나치는 꽃들이다.
차도 변 길가나 언덕에도
이 가을이 좋아서 피어났겠지만

교차하는 계절에
네가 뿌려 날린 향기 속에서
떨어진 낙엽 이부자리 깔아두니
공상과 망상의 산책길이 가볍다

파란 하늘 속으로
구절초 한 아름 안고
꽃말이 "어머님 사랑"이라
향기 가득 담아 날리고 싶다.

박제된 세월 속으로
하얀 그리움만 남긴 채
망각의 강으로 흘러 떠나는
가슴 설레이며 그리움 담아 피운 꽃

가을의 상념

지친 무더위에
너만을 그리워하는
청 푸른 산마루를
단장을 하고
꽃 진자리 열매를 결실시키고

너의 변화된 몸짓에
보내는 세월에 살다 보니
뜨거운 열기가
더욱 간절하게 하는구나.

봄여름 크고 자란
코스모스 꽃피어날 때
오색단풍으로 물든 미소
억새며 갈대의 흔들대는 나부낌에

먹구름 걷어내어
유리알처럼 파란 창공에
갈바람 휘날리는
마냥 그리운 가을의 상념(想念)

늦가을의 산사

떨구다 만
낙엽 떨군 도솔 산사에
군무 이룬 청송이 화폭을 채운다.

무리 지어
오가는 등산객 옷 색깔이
단풍보다 찬란한 계절 인파가
바윗돌 사이 따라 열 지어 간다.

남은 단풍잎이 한층 돋보이며
사진 찍는 카메라를 유혹한다.
마지막 남은 가을을 담으려니
가는 길손 넋마저 저당 잡혔다.

골 깊은 산사를
헤매 도는 한때의 바람에
사르르 떨어지는 남은 낙엽들
계절의 심사를 염탐했는지
개울물에 살포시 유람을 간다.

정처 없는 너마저
계절의 외로움을 더하는구나!
조금 남은 잎 새마저 다지고 나면
저무는 비탈길에 쌓이는 낙엽들
배반(背叛) 속에 괴리(乖離)의 가을 산사

가을의 서정(敍情)

가로변
코스모스가
제멋에 겨워 피어 있다.
빨강 꽃, 하얀 꽃, 연분홍색 꽃들이
색 변한 밑동에 나들이 채비 중이다.

은행잎도 지쳤나
맥 빠진 얼굴에는
한로 절기 지나니 마음 비웠나
모진 세월에 힘겨운 몰골이다
연노랑 잎 핼쑥하게 변하고 있다

떨어지는 만큼
깊어가는 가을
수런대는 바람결에 쫓기듯
더는 견디기 어려워 떨어진 나뭇잎
도로 위를 구르며 시위를 한다.

한로(寒露)에
맺힌 이슬방울
아침 햇살에 굴러떨어지듯
월식(月蝕)도 품어 뺏은 청명한 밤에
구름에 달이 가듯 아쉬운 이 가을도
회갑 넘은 심회(心懷)를 만지고 있다

들국화

저편 언덕에
외롭게 홀로 피어난
잡초 속에 해묵은 들국화

철 늦은 기다림에
눈물겨운 행복으로 알 때
찬 서리 여운이 아침을 깨우고

노란 그리움에
부서지는 아침 햇살
농익은 그리움에 날개를 펼 때

차디찬 갈바람에도
그리움 가득 안고 서성이며
눈길만 스쳐 가는 외로운 들국화

실개천에
뒤척이던 새벽안개
해를 보자
살그머니 들국화 품는다.

제목 : 들국화
시낭송 : 박태임
스마트폰으로 QR 코드를 스캔하면
시낭송을 감상할 수 있습니다.

으악새 우는 언덕

푸른 하늘 햇살에
억새가 출렁대며 합창을 한다.
바람 따라 등마루 고개 숙인 채
시린 바람 싫어 설까? 설피도 운다.

아! 시린 이 가을
하얀 면사포 그리움 담아낼 때
강둑을 헤매는 한때의 바람이
흥에 겨운 억새밭을 흔들고 사라져 간다.

청아한 이 가을,
거친 억새의 고독한 노래
변덕스러운 바람에 서걱대는 언덕
은빛 휘날림에 만추의 여정은 깊어간다.

억새의 몸짓
그리움 몰아쉬는 강변에 억새
물새들 짝사랑에 달은 기울어
철새들의 사랑에 못다 한, 억새의 설움

겨울바람

간밤에
도둑고양이처럼
소리 없이 내려온 하얀 천사들
온 세상에 하얀 이불 펼쳤다

이른 아침
동녘에 내어 비추는 햇빛
도배된 눈 위에 은백색 덧칠한다.

하얀 금발의 세상을
은근살짝 슬그머니 비추는 햇볕
구름은 아니 된다며 볕을 가릴 때
말리는 심술인 양 밀어내는 바람

밀려나는 구름도 한술 더 뜬다
바람의 심술에 나뭇가지 내린 눈
모두가 떠밀렸다며 응수를 한다
네 탓 내 탓 공방으로 떠밀치는 아침

나뭇가지 사이로 달아나는 바람은
그도 민망한 듯 휘파람을 불어댄다
묵묵히 지켜본 동살 녘 햇볕은
방긋한 웃음으로 아침 햇살 퍼붓는다.

계절의 시샘

겨울을 품었든
가지 위에는 성급하게
살포시 새싹 잎을 밀어 내민다.
벚꽃의 꽃비도, 목련화, 이팝나무도

부푼 꽃망울
쫓기는 듯 피는 꽃
늦추위도 감내하며
꽃들은 하얗고, 빨갛게 피어난다.

메마른 가지에서
꽃이 핀 여유도 주지 않고
천천히 내주어야 하는 새싹 잎은
초록과 붉은 꽃이 시샘인 양 피어난다.

품어 오른 꽃봉오리
피어날 시간조차 견디지 못하고
하얗게, 빨갛게 피어날 꽃의 시샘은
벌, 나비도 찾아올 시간도 없구나

국화꽃 피면은

찬 이슬
가을바람에
낙엽을 우수수 떨구고

내 마음
흔들리는 마른 억새
수줍게 피어난 국화꽃 애절함은

봄부터 울어대든
소쩍새 소리 처량하고
여름내 울어대든 매미의 합창
갈바람에 소담하게 피워낸 국화꽃

그들에게는
함축된 관련이야 없지만
아름다운 속살 헤집어
애달픈 억새들 언덕배기 슬픈 연가

이 늦가을에
국화 향을 청아하게 피워내서
가는 계절의 구멍 난 아쉬움을
향응으로 떠나는 오상고절(傲霜孤節)

겨울밤의 시심

불 꺼진 빌딩 숲에

때로는 곤두박질 부대끼면서
붓-방아 멍을 놓고 홀로 있는 밤
머릿속을 혼란하게 묵객으로 하잔다.

가로등도
졸음에서 깨어나
벌거벗은 등을 맡기고
삼경의 겨울밤은 깊어만 가는데

찬바람 창문을
뒤흔드는 음률에
산만한 누더기 마음 자락 구석
老年의 외롭고 쓸쓸한 마음이
적막의 심회(心懷)에 한없이 젖어 들고

지친 듯 누어버린
시간의 공백 속에
허 멀건 시름을 한숨만 껴안는다.

깊은 밤 헤집는
소슬한 찬바람 소리에
추념(追念)의 詩心만 맴돌다
허공(虛空) 속을 띕 박-질 만 하는구나.

제목 : 겨울밤의 시심
시낭송 : 최명자
스마트폰으로 QR 코드를 스캔하면
시낭송을 감상할 수 있습니다.

105

떠나는 겨울

연청빛 하늘
저편 산천 아래
아직은 찬바람을 보듬어
남쪽 들녘으로 품어 보낸다.

부풀어 오른
시냇가 버들강아지
찬바람에 열병을 치르고
남풍은 연회색 구름을 몰고 간다

봄을 갈구하는
이름 모르는 새들은
짝을 찾아 부르는 소리 애절하게
겨울이 떠나라며 계절을 찬미한다.

눈 녹은 산골
얼음장 아래 풀린 시냇물에
졸졸 구르는 봄을 갈구하며
버들개지 눈 비비며 동공 키운다.

꽃비

햇살이 피는 봄날
계절은 희망을 가득 안고
벚나무 꽃비 날개를 연다

봄날,
꽃들의 잔치를 탐내는 것은
돋아날 파란 싹의 시샘일까
꽃눈이 봄바람에 나비 춤춘다.

계절의 소리 없는 아름다움도
피는 꽃 시샘하는 계절풍에
미풍을 다그치는 봄비가 내려
미련 버린 꽃들이 우수에 젖는다.

인생의 행복도 풍류 같아
만개한 벚꽃 슬픈 눈물 흘리며
그린 나래 처녀는 처연하게 잠이 든다.

그린 나래 : 그린 듯이 아름다운 날개

겨울의 석양

햇빛은
아파트 허리에 걸쳐 있는데
급하게 밀려오는 겨울 저물녘

급한 듯
찾아든 퇴근 하든 길
어둠은 실내를 만지고 있을 때

내 쓸쓸함이야
참으면 그만이지만
외손자를 돌봄을 떠난
가시버시는 아직도 온다는 소식이 없다

어둠과 추위는
살포시 고독을 불러와
야금야금 거실을 잠식해 갈 때면

아파트 창밖에 보안등 불빛이
잠재된 외로움을 가득 앉고
고즈넉한 이 겨울을 감싸 안은 채

투영(投影)되는 그림자를 먹어치운다.

청매화

철 이른 봄소식
오가는 객들을 발길 잡는 청매화
발걸음을 멎는 것은 반가움일까?
이 봄! 초봄의 자태 청매화

매서운 계절도
용케도 견디고 봄을 맞는다.
넘어질라, 삼발 목에 기대고선
검은색 가지 끝에 청록색 푸른 줄기

삭풍에 푸른 가지
애달픈 산새 소리 차갑게 보낸 계절
잎눈보다 꽃망울이 급한가 보다
가지마다 돋아나 방긋 웃는 꽃망울

꽃봉오리 벙긋하면
꽃잎은 난형에 숱한 꽃술이
송이송이 꽃망울 터트릴 듯하면서
부는 동풍(東風) 삭임 바람 봄빛에 풀어놓고

잠을 깬 설한풍(雪寒風)은
처녀 봄 매화꽃에 머물다 가려 하니
어제 내린 가랑비에 망울 커진 청매화
피어난 꽃망울 너는 화사한 봄의 전령 화

가을 안개

따스한 햇볕 아래
봄이 놀다간 자리에는
산새가 노래하고 소쩍새 울고
꽃이 피고 벌 나비가 춤을 추던 곳

졸졸 흐르는 시냇물 따라
고향 삼은 산천의 봄은
열매를 키워 줄기를 곧 세우며
무성하게 자리를 지켜 나왔다.

뜨겁던 여름날에
서글프게 울어대든 매미 소리는
한 맺힌 7년을 십여 일에 끝내고
그 자리를 차지한 귀뚜라미의 노래

가을비 내리는 산골엔
모든 것을 내려놓은 가을 안개는
갈바람에 여름을 남겨두고
계곡 따라 천상(天上)에 솟아오른다.

겨울 나목(裸木)

계절이
바뀌면서
나뭇잎 석별하는 가을
대지를 덮어주며
보온으로 모정을 준다.

봄부터 입은
온 대지의 은덕
보온으로 은혜를 감싸준다.
행여 내린 눈이 추울까 봐서다.
색동옷을 만들며 곱게 덮는다.

오래도록!
묵은 세월 돌아봐도
나무는 아무 일도 하지 않았다.
대지가 주는 물과 영양을 먹을 뿐
여름은 더울까 봐 그늘도 드리웠다.

모두 떨어지고
나뭇가지마다 마른 껍질 되어
대지에 서리가 내리고 눈이 쌓이는데
내 몸을 불사르며 나목(裸木)이 된다.

겨울비

입동을 걸쳐 입고
떨군 낙엽 곤 한잠
떨어진 낙엽 잠재우려고
때를 놓쳐 들고 비가 내린다.

행여나!
눈이 내리면.
모두 주고 떠난 낙엽이
싫어할까 봐서 인가보다
소리 없이 쉬지 않고 비가 내린다.

눈이 온다고
달라질 것이야 없지만.
잎 떨군 나뭇가지에 매달린
방울방울 영롱한 물방울에

그리움
세긴 임!
마음은 텅 빈 가슴
겨울비 갈바람에 외로움만 남는다.

겨울에 핀 꽃

백설기처럼
피어난 눈꽃이 곱다

지쳤을
나뭇가지에도
간밤에 피운 하얀 꽃이 곱다

그래서
한꺼번에 떨쳐버린
한 떨기 사랑이 돋는다.

시린 가슴 포근하게
시야에 접히는 눈 사랑에 꿈
어둠 속에 피어난 사랑에 겨울꽃

계절의 방랑자

이 계절이
싹을 틔우기 위해
하늘이 내려준 비를 기다려
나무뿌리는 분주했을까

하늘이
놓아버린 푸른빛도
검푸른 가로수 잎 새도
자연의 섭리를 알아차리고

가을이면
붉고 노랗게 물들어
결국은 낙엽이 되고
스산한 거리를 만들어버렸다

낙엽은
갈 곳을 잃고 서성이며
바람이 부는 데로
떠돌아 구르는 방랑자가 되었다.

단풍나무

따스한 봄
햇살 고운 날
사랑으로 잎을 틔웠고
둥글납작한 두 날개 열매를 편다.

떠나보내야 하는
무덥던 여름날 가고
찬 서리 내릴 때 배웅하려나

붉게 물들어
따가운 나날의 햇살에
자양분으로 희생할 단풍잎

"떨켜 층"의 제물이 되어
차디찬 안개에 몸 비비며
단풍은 끼어 앉고 가을을 배회한다.

은빛 억새

가을이 머물던 곳에
그리움 안고 피어난 억새
구름에 솜털처럼 포근하게
소슬바람에 사르르 몸을 흔든다.

서로를 몸 비비며
넋을 놓고 우아하게 춤추네
가을빛에 황홀한 은빛 향연은
얼굴을 간질이며 수줍은 양 흔든다.

해넘이 석양빛에
부끄러운 듯 얼굴 붉히며
석양을 가득 품어 황금빛 향연은
은빛에 투영되는 화려한 노을이 되고

가을이 남긴 우아한 자태
꼿꼿한 줄기 끝에 처연한 그리움
노을 따라 찾아든 철새들의 노래에
은빛 다년초로 넋을 품은 억새꽃 향연

4부 사회, 기타

영면의 아름다운 이별

세계 인류의 묵념
자유를 향한 길고도 먼 여정
2013년 12월 05일 20시 50분의 영면
넬슨 만델라 전 대통령

인종 차별의 정책을 세운
자유와 평화의 지도자
용서와 화합의 지도자 롤라 랄라
적국(敵國)도 우방국도 넘어선 지도자

영면은 슬픔인데 기쁨의 눈물
버락 오바마 대통령도 멘토라 하네.
역사의 거인 그분은 영면해 가셨지만
법을 넘어 사람들의 심장을 바꾼 지도자

인류의 스승과 아름다운 이별
역대 최대의 조문객이란다.
지도자의 운명일 내린 비는
세계인의 눈물이고 슬픔의 이별이란다.

한결같이 남겨진 전파는
슬픔이 아니라 기쁨의 눈물이란다.
자유만을 축하하는 영면의 날에
아름다운 이별은 영면이었네.

　　롤라 랄라 : 만델라 대통령의 본명이며 장난꾸러기라는 뜻

그해 봄의 기약

3월도 저물어가는 새벽
화신 풍도 늦잠 자게 내리는 비
세월호 인양 소식 남녘을 애태우고

간밤에도
슬픔에 찬 진도의 동거차도
침묵의 아침은 눈물 흘려 깨우나 보다.

허기진 그리움 달래려
눈 속을 녹이며 피워낸 복수초
목련꽃, 매화꽃, 산수유 꽃들의 찬가

전령 화
목마른 3년 전의 봄소식을
나비들의 부러움 입맞춤에 숨 고르고

변덕스러운 날씨에도
이 봄 예민한 사춘기 나무들
감성에 젖어 폭탄 수를 들이키고

억천만겁(億 千萬 劫)
잠을 깬 벚나무처럼
불그스레하게 부푼 망울 기약하듯이

청백리 백비

적송이
말끔하게 단장된
자그마한 산 능선에는
청백리 정신이 묻혀있는 곳
글자 한 자도 없는 백비(白碑)가 있다.

조선 초기
청빈으로 39년의 공직 생활
장례를 치를 때 선산에 묻히지 못한
남은 것은 집도 없는 청렴한 선비에게

1554년 임금님이
아곡(雅谷) 63세 한성 판윤이신
전라남도 장성군 황룡면 금호리에
청렴에 때 묻을까
하사한 백비와 99칸 청백당

수조 원대의
권력형 부조리가 무색한데
깊고 푸른 가을 하늘처럼 청백한
정혜(貞惠)라는 시호 박수량(朴守良) 청백리

어느 해의 오월

4월에 꽃 진자리
산천을 초록으로 물들이고
주렁주렁 매달린 아카시아 꽃
오월의 향기는 시인이 되게 하고

담벼락에
등반한 넝쿨 담쟁이
하얗게 피어난 찔레꽃 향기에
벌 나비 흥에 겨워 춤을 추는데

무궁화 꽃줄기
탄핵이라는 풍랑이 불어
정유년엔 특별한 정국의 탄생
대선(大選)의 장미도 피어났었다.

그렇게 피어난 장미꽃 향연
목마름이 아쉬운 오월의 끝자락에
때 없는 우박은 남녘에서 시위하고
유월의 성찰(省察)을 그리며 길을 열었다.

독도의 단상

침탈의 역사는 뒷전이고
벚꽃 기질의 억양을 토해
영유권을 주장하는 얄팍한 속셈은
오천 년의 향기를 통칭하며 넘나 보는 수작

70년 전의 항복은
가벼운 첫울음이 아닐 터
50년 전에 맺은 협정 헌신짝처럼 내팽개치고
아픈 가슴 쥐여 짜며 통곡의 아리랑을 들었던 너

신라 개척 장군 이사부도,
조선 어부 안용복도
동해의 무궁화 꽃 지켜온 오천만의 자존심
동녘에 해 뜨는 수평선에 희망을 노래하든
억 겹이 흘러도 하늘이 알고 바다도 알고 있다
쪽 바리는 물러나라 오천만의 자존심이 단결한다.

옛날이 지금이고,
지금은 후세의 옛날인 것
고금은 현재가 포개져서 이루어지는 시간
옛날과 지금과 미래는 맞물려 돌아가는 것

외무상의 실언(失言) 속에
무궁화를 지켜내야 하는 독도의 단상

입추의 송신

찌~리 ~릿, 찌~리~리
저, 음절의 들리는 소리
밤을 지새운 가로등 불빛도
여명을 재촉하는 이른 새벽에

조간신문을 펼치다가
다시 확인하고 싶은 충동이다
베란다 창안으로 들려오는
귀뚜리 소리에 멍하니 응시를 한다.

입추 날에
삼복의 열기가 뒤엉킨 어제였는데
가을을 찬미(讚美)하는 저 소리는
그토록 저런 미물들도 절기에 민감할까

가을의 소야곡을
밤이면 들창 넘어
달빛을 조명 삼아 무대를 꾸며갈
귀뚜리도 반겨대는 입추 날의 송신(送信)

5.18의 촛불

용서와 사랑에
목이 타는 그리움은
37년간에 한 줌의 흙이 되었고
정의가 승리하는 화합 의장으로
가슴에 묻고서 산자는 땅을 후빈다.

그동안
검정 보자기에 가린
청송의 눈물이 멈춘 곳
광주의 북구 운정동 국립묘지에서

80년 5월 18일 태어난
희생자의 딸이 전한
뻐꾹 이의 편지는 수천만 국민이
지켜보는 기념식장에서
지역감정 논란이 된
감동 어린 종지부 소야곡

바로 세운 정의에
응축된 피의 혼이 흐른다.
드디어 제창된 "임의 행진곡"
넉넉한 합창의 소리는
끊을 수 없는 5.18의 촛불 민심이다.

보릿고개

노란 봄볕이 따스하게 다가서면
긴 잠에서 깨어난 새들도
물오른 나무 위에서 노래하고,
땅 위에도 새 생명 온 꿈틀거린다.

노란 봄볕 아래
눈을 지그시 감으니
학교에서 집으로 돌아오는 길가에서
서로가 경쟁하듯 삘기 뽑아 씹고
줄기 비틀어 송기(松肌) 빼 먹고
산자락에 감꽃 주워 허기 달래며

빗물에 골진 곳에서
황토도 파먹던 어린 시절
추억이 아지랑이처럼 스멀거린다.

노란 봄볕 나른하게 내리쬐면
배고팠던 그 옛날 보릿고개
쌀밥에 고깃국은 생각도 못 하던 시절
가난 삶이 애잔하게 영상처럼 스쳐 간다.

영랑 생가

생가에서 바라본
해묵은 적송 나무 장관이고
용마름 왕대밭이 한울을 대신하며
고풍(古風)의 생가터를 감싸고 있다.

시비(詩碑)를
감싸 안은 해묵은 모란꽃 웃음 피우고
꽃을 던지고 갈무리한 씨 방울 영글어
"모란이 피기까지" 전시 중이다.

사적비(史蹟 碑)
중요민속자료 영랑 김윤식 선생 252호
널따란 손을 내민 청록 잎 어우러져
담쟁이 넝쿨 잎이 업적을 감싸고 있다

고인의 생가는
고풍(古風)의 툇마루가 꿈속에 그날
액자에 담긴 사진 유품을 품어서 안고
용마름 초가지붕 옛 정취를 끌어안고 있다.

시 문학 파 기념관
고인의 넋과 향기를 담아놓은 보관소에는
이 땅에 문학의 뿌리를 내리게 한 9명의 산실
방문자, 타임캡슐, 방명록은 세월의 파노라마

산수유 축제장

해맑은 봄나들이
언덕배기 연 노란색 수채화
곱게 핀 산수유가 오라는 손짓
차량 행렬은 다 된 밥에 재를 뿌린다.

반가운 빨간 명찰 멋진 군장
해병 봉사대들의 절도 된 안내
9364***번 224기 해병이요.
선배님 즐겁게 지내 십 시요. 충성!

산동면에
15회째 산수유 꽃 행사장
품바 꾼의 노래 무대
토산품 상객들의 판치는 잔치판
훈훈한 인정에 비닐봉지 배불뚝이다.

일제 말기의 여순 사건 때
효성 지극한 열아홉 살 마을 처녀
새겨진 시비(詩碑) 속의 애환만큼
생의 질곡 노란 가슴 절절히 미어진다.

독경 소리

계곡 따라
흐르는 물소리
노란 상사화가 반기는 산골
길 따라 열린 계곡 길을 걷는다.

폭포를 지나고
묵중한 일주문을 지나니
독경의 목탁 소리에
들려오는 청아한 염불 소리

오가는 객들은
들려오는 독경(讀經)
소리 알지를 못한다.

대웅전을 가린 연등
넘쳐나는 무상(無想)함이
목탁 소리 보살님의 무언중의
무아경(無我境)이 있나 봅니다.

천 불 천 탑 운주사

갈바람에 은행잎 떨구고
입구에 곱게 물든 단풍잎
매표소를 지나 들어서니
여덟 살 먹은 외손자의 의문

오래전 옛날에
석공들이 닭이 울기 전까지
석불과 석탑을 천기를 세우려 했는데,
한 기의 탑과 불상을 그만 다 못 세우고

못다 세운 한 개씩의
칠성 탑과 와 불이 남아 있는
화순군 운주사지 일원에 사찰
미완성된 사적 제312호란다.

불상과 불탑들이
대충 만든 흔적과 일치하지만
석불 93기와 석탑 21기만 남아있는
와 불(臥佛)이 일어나지 못한 미완성 용화(龍華)

龍華 : 석가모니가 열반 든 후 사바로 찾아온다는 미륵불

연꽃 피는 곳

한때는
낚시터였던 곳에
연꽃과 넓은 잎이 가득하다
무더운 삼복
칠월의 장마에도
잎 대 버텨서며 물그림자 지우고

키 작은 연잎
실바람 넘실대는 물살에
개구리 뱃놀이하는 유람선 위로
떨어지는 물방울
또르르 낙수 되어 넓은 잎에 구른다.

썩어가는 시궁 토양에서도
꿋꿋하게 자리 지키는 연잎
진주 같은 물방울 굴러가는 연잎에
아름다운 자태로 피어나는 연꽃 송이

오염 찌든 연못에도
속세를 벗어난 너의 모습
극락세계(極樂世界)를 장식하는 곳
아름다운 성불 왕생 청정함을 받든다.

석양의 해안도로

코끝을 간지럼 피우며
갯내음이 콧속을 자극하고
수평선 저 멀리 보일락 말락
희미하게 저 멀리 떠 있는 한 조각

변모해가는
'영광 백수 해안 도로'
붉게 변한 한 점 구름 아래
이따금 지나가는 통통배의 잔물결

파도에 기울어진 노을빛
숨어드는 저 섬 이름이 무엇이냐고
누구에겐가 물었다.
여장을 푸는 곳 낙월도 라고 한다.

언젠가는, 파도가
잠드는 저곳을 가봐야 하겠다며
벌겋게 타들며 갈매기 잠드는 곳
갯내음에 흠뻑 취한 백수해안도로

너덜겅의 봄

오솔길
양옆으로 산이 버티고
살얼음 풀리어 소리 내어 흐르는 날
찬바람에 몸을 맡기며 조심하며 흔든다.

가녀린 햇볕
너덜겅 바윗돌들이
누워있는 바위에 행여나 추울세라
오랜 세월 몸에 초록 스웨터 걸쳤다

비단옷을 탐을 낸
3월의 봄바람이 간지럼을 피우고
산골 흐른 물이 거친 입김 품어내도
한결같은 마음으로 천 년을 자고 있다

밤낮으로
들려주는 물소리에
흥건히 젖은 옷을 풀어헤치고
알몸이 두려운가 두꺼운 옷 입었다
물안개 봄 앓이 하는 초록 너덜겅

도심 빈집

붉은색
기왓장은 나들이 갔나.
떠난 자리 속살이 훤히 보이며
앙상한 담벼락에 아슬하게 보인다.

앞마당에는
키 큰 감나무 수문장 되어
그래도. 하얀 접시꽃 몇 그루가
층층이 환한 꽃을 피우고 있다.

바람난 기왓장 탓하며.
들친 흙이 그제 내린 소낙비에
붉은 흙탕물이 흘러 내려져
볼품없는 집 벽엔 벽화만 그려졌다.

집주인은
어디로 떠나가고
껍질만 방치를 할까?
기왓장 몇 장만 초대하면
볼품없이 무너지는 참변은 잊어갈 빈집

적폐 청산

대선 장미꽃이 피어날 무렵
유난스럽게 떠도는 적폐청산
적폐(積弊)는 뿌리 깊은 폐단이요
청산(淸算)은 사상 잘못을 씻어내는 것

집에 키우던 강아지
날마다 가족과 정이 들었다
때로는 열심히 도둑도 지키고
주인을 자주 찾는 친척도 알아본다.

영리한 개는
어느 날 밤에도 찾아와
개 이름 부르며 달래니
몇 번 짖다 말고 꼬리를 친다

진정한 도둑을 잡는 개는
주인집 아들이 도둑질하면
짖어 대며 물어뜯어야 하는 것
그렇게 적폐 해법을 지켜야 한다.

밤꽃 역풍

아카시아
향기도 더위를 피해가고
무더위는 때를 만났다는 듯
유월의 초입에 맹위를 떨쳐 댄다.

산골 동네
등성이를 타고 피워내는
밤꽃 향기가 코끝을 자극한다.

간밤의 무더위
잠을 설친 여인네
간밤의 시간을 설치다가
밤꽃 향기는 새벽을 따라간다.

이른 새벽
산행을 한 여인네
무소불위 산을 오른 사내에게
묻지 마 희생을 당하고 만다.

그 사내
끝내, 수락산에서 피는
삶의 무게에 찌든 역풍은
밤꽃 향기를 뒤집어쓰고 말았다.

권좌의 불행

만인이 선출한 높은 자리
무식함이 탄로 날까 끙끙대다가
부족함이 있다고 말할 수 없었나?
대권에 오른 권좌 4년을 못 채웠다

40년 절친을 믿은 끝에
별다른 문제 없이 헤쳐 나갔고
편하게 지킨 권좌의 자리는
머리 싸매고 애쓸 필요도 없었다.

수백억 원의 의문의 감시대상에
끝내는 낙마를 해야 했고
탄핵이라는 불벼락을 맞았다
체면 때문일까? 억울하다 버텼는데

수렴청정을
이용당했다며 모른다. 변명하니
꼼수에 변명, 인용일까 기각일까?
모르쇠로 일괄하는 503호에 닥친 불행

팔월 보름달

건너편 아파트
옥상 천상(天上)에
해맑은 둥근 거울이 올라앉았다
보름간의 허기를 혼자 채우고

너무나 힘찬 빛에
유별스러운 귀뚜라미 합창에도
두 번째로 크다는 만삭의 잉태에
나도 모르게 경배가 저절로 난다

둥근 밝은 달을 보고 있노라면
어렴풋한 옛 생각이
밝혀주는 깊은 추념(追念)이
넉넉함이 심란함을 품어준다.

휘영청 망간(望間)의 밤
고운 달 중천으로 떠오를 때는
아득하고 청명하게 비추어 주니
명상의 의식 속에 머물고 싶다

동거차도의 소망

안전과 무지(無知)가 부른 잔재
텔레비전 앞에서 바라보는
팽목항에 떠오르는 슬픈 비극

진도 앞바다 맹 골 수도에
잔잔한 바다 위에 삭풍이 불고
가슴 깊은 슬픔 이 하늘을 본다

476명의 탑승자 중
304명의 희생자를 낸 아픔
동거차도에서 기다리고 있는
네 명의 학생과 두 명의 선생님
일반 승객 3명 중 부자도 끼어있다

예고 없는 빗방울은
가슴 적시는 슬픔을 뿌리고
어둠 속의 눈물과 고뇌의 아픔
국민의 촛불 집회는 탄핵의 질주로

2014년 04월 14일의 비극은
안산 단원고와 국민의 염원
일천 칠십삼일 만의 *억천만겁
7,000여 톤급 억장이 무너지는 잔영

억천만겁 : 무한한 세월

황사(黃砂)

아침 이슬 가득 머금고
활개 치려는 송홧가루의 교면
짓궂게 아침 해를 가두며
실안개 풀어내려는 아침 해의 해탈

짝짓기에
여념이 없는 까치 몇 마리
황사는 뒷전에 두고
목청을 돋우며 사랑을 노래한다.

벚꽃 꽃잎 날려 보낸
봄바람은
시름 깊은 황사를 밀어내면서
간밤에 깊은 잠에서 깨어난
라일락 향기를 끌고 다닌다.

밤도 잊은 체
달려온 내몽골 황사는
늦잠에서 깨어난 송화 꽃가루
황사와 밀어를 알기나 할까?
오월 초의 하늘 덮은 황사의 교태(嬌態)

남는 발자취

하얗게 내린 눈 위로
점점이 찍힌 발자국
눈 위를 열심히 걸어온 것처럼
인생살이의 한 축을 열심히 사는 것

사람들은
본인의 이름을 남기를 원한다
눈 위의 녹아버리는 흔적보다
후세에 길이 남기를 갈구한다.

그래서 한때는
검증되지 않은 업적을
새겨 세운 묘비도 있지만
시대의 흐름은 방패가 되는 것

속담은 말한다.
호랑이는 가죽을 남기고
사람은 이름을 남긴다고
한 줌 살아온 길을 남기기 위해

문인이라는 길에서
돈으로 만든 자서전보다
한 권의 문집을 남기는 것이
지워지지 않은 흔적에 발자국이네

시월의 파노라마

밭 언덕을 뒤덮은 호박이
쓸쓸한 넝쿨을 지키고 있다
밭두렁에 파수꾼 옥수수는
된서리에 시들고 대만 푸르다.

피 변(彼邊)의 언덕을 지킨
감나무 잎은 떨어져 감만 보인다.
고추 따는 아낙의 콧노래 흥얼거림에.
고추처럼 붉어져 가는 계절이다

자루 망태
이고 가는 옷 적삼에는
후덥지근한 땀방울이 등골에 베인다.
갈바람이 동행한 것을 문득, 알았다.

내 고향 뒷산에서
바라다보이는 파노라마
주인 떠난 까치둥지처럼 빈집 같다
오늘따라 허허로운 몽환에 바람도 냉랭하다.

다산 유배지에서

정조대왕의
총애가 깊어서인가
첫째 형 사위의 백서 사건에
18년간의 강진의 유배지가 된 곳

인연은
운명처럼 살게 하였고
다산의 슬픈 사연
육지 속 남쪽 땅의 유배지
화성의 성벽은 그날을 지켜도
억울한 사연 삼키며 살아온 곳

사철 푸른
강진의 백련사 동백은 붉게 피어
그의 곁을 지켜줬고
말 없는 천년고찰 백련사의 해탈

유배지 앞 만덕 호
낚시터의 깊은 시름 앉고
강진만의 바닷바람은
한 많은 시절을 달래 주었네.

문득 가을처럼

짙푸른 하늘 아래
쌀쌀하게 불어 대는 바람에
떨고 있는 단풍잎이 서글퍼 보인다.

늦가을이 언제냐고
사람들한테 물으면
한기에 독감 예방접종을
해야 할 때라고 말할 것이다.

늦가을이 어느 때냐고
단풍나무에 물으면 더는
버티기가 어려워 빨갛게 잎까지
타버렸다고 할 것이다.

늦가을이 어떠냐고
꽃들에 물으면
코스모스는 고개를 흔들고
국화는 향기만 강하게 트림한다고 할 것이다.

황혼기에 들어선 오늘
문득 가을처럼 살다 갈 수만 있다면
끝맺음이 얼마나 좋은가를.!
그리고 묵묵하게 사는 것이 최선인 것을.

날개 꺾인 삶의 노래

정찬열 시집

초판 1쇄 : 2018년 5월 4일

지 은 이 : 정찬열

펴 낸 이 : 김락호

디자인 편집 : 이은희

기 획 : 시사랑음악사랑

인 쇄 : 청룡

연 락 처 : 1899-1341

홈페이지 주소 : www.poemmusic.net

E-Mail : poemarts@hanmail.net

정가 : 10,000원

ISBN : 979-11-6284-13-9